ALFRED DE MUSSET

LA MOUCHE

ILLUSTRÉE DE TRENTE COMPOSITIONS

PAR

AD. LALAUZE

PARIS

LIBRAIRIE DES AMATEURS

A. FERROUD, LIBRAIRE ÉDITEUR

127, BOULEVARD SAINT-GERMAIN, 127

1892

LA MOUCHE

JUSTIFICATION DU TIRAGE

N°s 1 à 200. Exemplaires sur papier du Japon ou grand Vélin d'Arches.

N°s 201 à 500. Exemplaires sur papier Vélin d'Arches.

ALFRED DE MUSSET

d'après le pastel de Landelle fait en [illegible]

ALFRED DE MUSSET

LA MOUCHE

ILLUSTRÉE DE TRENTE COMPOSITIONS

PAR

AD. LALAUZE

PRÉFACE PAR PHILIPPE GILLE

PARIS

LIBRAIRIE DES AMATEURS

A. FERROUD, LIBRAIRE-ÉDITEUR

127, BOULEVARD SAINT-GERMAIN, 127

—

1892

PRÉFACE

L'esprit est maître en tout ; lui seul, de par sa légèreté, s'élevant assez haut pour voir l'ensemble des choses, peut d'un mot, d'un trait nous en indiquer la forme générale. A l'aide de patientes recherches, de fouilles dans les archives, d'emprunts aux mémoires du temps, il est aujourd'hui permis à tout le monde de parler savamment d'un siècle, d'écrire un gros ouvrage qui sera classé au fond des bibliothèques, mais il n'est donné qu'à l'écrivain, au poète, de reconstituer d'un mot toute une société, toute une époque. Qui n'a admiré avec étonnement les ébauches des maîtres, faites de quelques touches seulement et prenant à la reculée tout l'aspect d'un tableau achevé? C'est que les points principaux sont indiqués si précisément que l'œil croit voir et termine le détail là où le peintre n'en a légèrement tracé que le contour.

Le XVIIIe siècle a eu particulièrement à souffrir de ces restitutions maladroites, et ses élégances ont, hélas! été maintes fois écrasées sous la pesanteur d'auteurs documentaires qui l'étouffaient en croyant le faire revivre. Il n'appartenait qu'à un poète de race aristocratique de prendre d'une main assez délicate ce papillon sans lui briser les ailes, et de lui rendre pour quelques instants sa vie et son vol aérien. C'est ce qu'a fait Alfred de Musset quand, après s'être promené dans la grandeur majestueuse et mélancolique de Versailles, il l'a vu renaître pour un jour dans une fête royale. Tout ce passé des splendeurs de Louis XIV et de Louis XV est venu envahir son esprit, et de cette vision faite de salons étincelants, de dorures et de lumières, des bruits soyeux des longues jupes des marquises, de l'élégance de leurs mouvements, des habits chamarrés des courtisans, des rires étouffés, du respect royal, est née cette exquise nouvelle qui s'appelle *La Mouche*.

Paul de Musset, de qui M. Anatole France a si justement dit qu'il avait l'âme assez haute pour ne pas souffrir de voir sa renommée pâlir auprès de la gloire éclatante de son frère, nous donne en quelques lignes l'histoire bibliographique de ce petit chef-d'œuvre : « Le *Moniteur* demandait une nouvelle, « Alfred écrivit en quelques jours *La Mouche*, et je « ne crois pas que, pour la grâce et la fraîcheur, cette « petite composition soit au-dessous de ses autres « écrits en prose. On se sent, à la lecture de cette « historiette, en rapport avec un esprit toujours vif « et jeune. Les derniers chapitres de *La Mouche* « furent achevés en décembre 1853, au moment où « les premiers étaient livrés à l'imprimerie; ce ne « fut pas son dernier ouvrage, puisque l'année sui-« vante il fit encore *L'Ane et le Ruisseau*, mais ce « fut sa dernière publication. »

Pour écrite qu'elle fut au courant de la plume, *La Mouche* n'est pas moins une œuvre pesée, réfléchie et mûrie comme les autres nouvelles du poète. J'imagine qu'il la composa dans ces longues promenades qu'il faisait dans son appartement quand une idée venait hanter son cerveau. Madame Lardin de Musset, pieusement dévouée à la mémoire du grand poète son frère, nous disait qu'il ne se décidait jamais à écrire une œuvre qu'après l'avoir longuement méditée en marchant dans son cabinet; il se mettait ensuite devant son bureau et semblait improviser.

Alfred de Musset pouvait reconstituer d'instinct toute la vie du XVIIIe siècle, il en était pour ainsi dire imprégné et ne dut pas avoir un grand effort à faire pour transporter son esprit à Versailles et à Trianon, dans le boudoir de la Pompadour. Comme s'il avait vécu de son temps, respiré le même air qu'elle, il savait, sans avoir à feuilleter les mémoires de madame du Hausset, quelle femme était la favorite de Louis XV, et quand il nous la montre sortant de la comédie, causant avec le jeune chevalier de Vauvert, ou se glissant masquée dans le bal de la galerie des Glaces, on sent que, rien qu'en obéissant à sa propre nature, sans se surveiller, il doit la faire parler et agir avec les mots et les gestes de son temps.

D'instinct aussi, et comme par l'effet d'un lointain souvenir, il restitue toute la mise en scène, le décor dans lequel se joue sa fine et élégante comédie; il décrit bien les appartements de Versailles, modifiés, coupés, cloisonnés, moins grandioses, mais plus coquets que sous le grand roi, et tout ce qu'il dit de ce théâtre des petits appartements, en un mot, sans se perdre en détails ni en regrets sur le magnifique escalier des Ambassadeurs, est aussi scrupuleusement exact que ce qu'ont écrit les faiseurs de mémoires ou l'attentif Piganiol de la Force.

Mais c'est surtout la femme qu'il a voulu peindre, et que ceux qui ont étudié madame de Pompadour retrouvent tout entière dans ces quelques lignes qui la font revivre aussi bien que ses beaux portraits de Boucher ou de La Tour : « Pendant qu'elle décache-
« tait la lettre du roi, ses mains tremblaient sur
« l'enveloppe. Elle la dévora d'abord, pour ainsi dire,
« d'un coup d'œil, puis elle la lut avidement avec
« une attention profonde, le sourcil froncé et serrant
« les lèvres. Quand elle fut au bout, elle sembla réflé-
« chir. Peu à peu, son visage, qui avait pâli, se
« colora d'un léger incarnat ; non seulement la grâce
« lui revint, mais un éclair de vraie beauté passa
« sur ses traits délicats. » Toute la comédie, tout le drame de la vie de madame de Pompadour se résument dans cette contention d'esprit, dans ce froncement de sourcils qui témoignent de la crainte perpétuelle dans laquelle elle s'était enfermée. Que prévoir de ce roi qui ne savait que sourire, qui ne disait rien et qui ne trouvait rien mieux que de se déguiser en if pour fêter le premier mariage de son fils !

Sans y mettre de complaisance, il me semble voir marcher, respirer cette femme qui disait en parlant de la cour : — « Tout ici n'est que méchanceté, platitude. Belle matière à réflexions, surtout pour quelqu'un aussi *réfléchissante* que moi ! Partout où il y a des humains vous trouverez de la fausseté et tous les vices dont ils sont capables ! » Quelles tempêtes durent gronder sans pouvoir éclater, sous ce front calme et poli que ses peintres ornèrent de toutes les grâces et de toutes les fleurs ! Jusques dans cet appartement même où l'avaient précédée les Montespan, les Châteauroux, la crainte la poursuivait sous toutes les formes possibles ; à la comédie, elle n'acceptait de limonade que celle préparée par son chirurgien, redoutant, disait-elle, d'être empoisonnée, comme la Châteauroux, par M. de Maurepas; superstitieuse, elle paie une pension de 600 livres à M. Lebon qui lui avait prédit à l'âge de neuf ans qu'elle serait un jour la maîtresse de Louis XV ; la preuve de ce fait est consignée dans le relevé des dépenses de madame de Pompadour, manuscrit conservé aux archives du département de Seine-et-Oise. La sorcellerie l'a toujours attirée, et elle ne cesse de se répéter que la mort ne la prendra pas à l'improviste, parce qu'une sorcière lui a dit qu'elle aurait le temps de se reconnaître avant de mourir ! Une légion de préoccupations envahit ce cerveau où, à côté de l'impérieux désir de plaire au maître, il faut trouver place pour des combinaisons de budget. En effet, trente-six millions neuf cent vingt-quatre mille cent quarante livres, dépensées en dix-neuf années, pouvaient créer de grands soucis à celle qui, en mourant devait laisser trente-sept louis d'actif et un million sept cent uñe livres de passif !

Il était loin le temps d'insouciance de la petite d'Étioles portant aujourd'hui ce nom pimpant et élégamment empanaché de marquise de Pompadour, ce nom qui semble représenter toute la grâce décorative, légère et pompeuse, du règne de Louis XV. La voilà maintenant, comme dit un de ses biographes, surmenée, pressée, affairée, ardente à combler de biens parents et créatures, mais toujours conseillère attentive et sensée « bonne femme autour d'elle ». Elle n'a pas oublié que Jéliotte lui a appris le chant, Guibaudet la danse et Crébillon la déclamation ; elle a même conservé pour ce dernier un souvenir reconnaissant qui la pousse à faire imprimer ses œuvres à l'imprimerie royale aux dépens du roi ; tout en assurant la vie des siens, de son frère, de son père (je ne parle pas de M. de Tourneheim), elle protège Voltaire, quitte à se brouiller avec lui pour une lettre anonyme. Celui-ci d'ailleurs ne lui garde pas rancune et, en apprenant sa mort, il s'écrie que les vrais philosophes, les vrais gens de lettres doivent regretter madame de Pompadour.

Bien que pour se soustraire à la prison qu'elle s'est faite à la cour, elle cherche à se donner le change en mariant les filles dans ses villages, en construisant à Trianon, devançant Marie-Antoinette, une vacherie, des poulaillers, un magnifique pavillon, un hôtel splendide placé presque au pied du château de Versailles, le charmant réduit de l'Hermitage, en faisant modeler et peindre à Vincennes, qui deviendra la manufacture de Sèvres, pour quatre-vingt mille livres de fleurs en porcelaine, afin de distraire le roi à Bellevue, à la grande colère de d'Argenson, en gravant à l'eau-forte avec Cochin et Boucher ; elle se mêle aussi à la politique et devient le premier ministre de ce souverain qui se contente de dire que les choses dureront autant que lui.

Toujours prudente elle ne commet pas l'étourderie de la Châteauroux qui traitait « durement » la reine ; au contraire, et en dépit de l'aversion bien légitime qu'elle doit inspirer à la souveraine, elle se conduit si habilement, dans cette situation délicate, que Marie Leczinska, pensant à la Châteauroux, ne peut s'empêcher de soupirer avec une navrante philosophie : — « J'aime mieux que ce soit la Pompadour qu'une autre. » Mais elle est femme, et sa clémence n'empêche pas qu'un jour la marquise étant entrée chez elle, portant une grande corbeille de fleurs avec ses deux beaux bras sans gants, elle la pria de chanter sans quitter cette position ; celle-ci fatiguée, un peu humiliée par les compliments de la reine, refusa; la reine ordonna, et, toute défaillante, elle chanta; mais elle choisit son morceau, et de sa belle voix entonna le grand monologue d'Armide : « Enfin il est en ma puissance! » La reine l'interrompit et la renvoya. Quelle scène et de quelle comédie!

Cette favorite qu'Alfred de Musset nous montre si préoccupée dans son boudoir, n'est pas la maîtresse vulgaire qui doit être uniquement attentive aux plaisirs du roi; la gaîté, l'insouciance, la beauté même, ne sont qu'un masque, qu'une livrée pour elle, les affaires d'Etat l'intéressent plus que les mouvements de son cœur, et il n'est pas tout à fait vrai de dire que madame de Maintenon avait fait de Versailles un oratoire, tandis que madame de Pompadour en avait fait un boudoir; singulier boudoir que celui d'où elle écrit à son frère : « nous aurons quelques pendus cette huitaine ». La vérité c'est qu'elle ne quitte pas le roi d'une semelle ou du moins qu'elle s'y efforce, regardant attentivement comment il gouverne pour gouverner à son tour, lui empruntant même dans ses lettres ses familiarités un peu lourdes. On sait que Louis XV surnommait ses filles Loque, Coche, Graille ou Chiffe; madame de Pompadour baptise Pâris-Duverney du nom de « cher nigaud », son frère de « bonhomme, M. de Marcassin et frérot », madame de Lutzelbourg de « grand'femme », Bernis de « pigeon pattu », madame d'Amblimont de « mon torchon », etc., etc. Comme lui, elle ordonne de décacheter les lettres, et Alfred de Musset n'a fait que reproduire un réel épisode en écrivant le premier chapitre de *La Mouche*.

L'anecdote même qui forme le fond de la nouvelle n'est point une fiction, et l'on trouvera dans les Mémoires du Maréchal de Richelieu, dans les détails du dialogue de madame de Pompadour avec M. de Meynières, un des membres du parlement démissionnaire, à peu près tout ce qu'on lit dans la scène qui se passe entre le chevalier de Vauvert et son père. L'histoire exacte de l'indignation du grand conseil à propos de l'impôt des deux sous, y est contenue en quelques lignes, sans que le charme de conteur d'Alfred de Musset soit diminué par la fidélité de l'historien.

Que de choses à dire quand on parle du XVIIIe siècle et de ceux qui le représentent, et combien il est difficile de savoir se borner quand il s'agit d'une telle scène et de tels personnages! C'est en cela qu'il faut encore admirer Alfred de Musset; il n'épuise point une matière et, disciple de la Fontaine, il n'en veut prendre que la fleur. En quelques pages il nous a dépeint un aspect de la cour de Louis XV et, soulevant un coin de rideau du temps, il nous a montré pour un instant, tels qu'il étaient, et les salons du grand palais de Versailles et ceux de la bonbonnière de Trianon, dans le luxe étincelant des fêtes et le raffinement de l'intimité.

Admirateur de la concision d'Alfred de Musset, je constate tardivement que je n'ai pas assez profité de ses leçons et j'arrête ici un préambule dont n'avait pas besoin l'œuvre exquise du grand poète. Ce que je tiens à dire surtout, c'est la joie sincère que j'éprouve à voir les efforts qui sont faits pour présenter un livre d'Alfred de Musset d'une façon digne de lui. Un artiste de grand talent, un maître dans l'art de l'illustration moderne, M. Lalauze, a été chargé d'interpréter par le burin cette œuvre faite de délicatesse; la scène du miroir, celle où le chevalier regarde la mouche bienheureuse (l'adjectif est de Musset) que le hasard a posée sur l'épaule de la Pompadour, est une composition qui, sans imitation, rappelle les élégances de Marillier et de Moreau le jeune.

Un heureux hasard permet de donner un portrait intéressant et inédit, curieux à rapprocher de ceux que l'on connaît du grand écrivain. Celui-ci est un portrait d'Alfred de Musset enfant, que sa sœur a bien voulu laisser copier d'après l'original qu'elle conserve précieusement. Grâce à une obligeante communication de madame Lardin de Musset, nous pouvons reproduire, à ce propos, les lignes suivantes, supprimées dans la biographie d'Alfred de Musset par son frère, et relatives à l'image en question :

« A l'âge de trois ans, le futur auteur des *Nuits* « était d'une beauté qui attirait l'attention dans les « lieux publics. Un peintre flamand, nommé Van « Brée, eut l'envie de faire son portrait. Le bambin « est représenté assis au bord d'un ruisseau, les « pieds dans l'eau, les mains appuyées sur sa poi- « trine, retenant sa petite chemise prête à tomber. « A côté de lui, on voit une vieille épée qu'il voulut « avoir à portée de son bras pour se défendre contre « les grenouilles. Girodet, qui arriva un matin par « hasard dans l'atelier du peintre, trouva le portrait « fort joli et admira beaucoup son modèle. »

Tout le monde connaît l'aristocratique physionomie d'Alfred de Musset par le profil de Landelle, le médaillon de David d'Angers, les crayons d'Eugène Lami, de nombreux portraits, et chaque lecteur cherchera, ajoutant les années à ce jeune visage, à y prévoir les traits futurs du grand poète ; la bouche, le nez, la coloration de peau d'un petit enfant, sont bien loin de donner idée des modifications que le temps y apportera ; l'imagination fait beaucoup en matière de ressemblance. Pourtant il est une partie du visage qui prend une singulière signification dès les premières années, ce sont les yeux.

Le peintre Drolling a reconnu dans les yeux d'un homme de soixante ans, ceux d'un enfant de sept ans avec qui il avait été jadis à l'école. C'est que l'œil qui, pour la science, semble n'être éclairé que par la lumière terrestre, reflète une lueur sans pareille, qui lui vient directement de l'âme. Qui, en plongeant ses regards dans ceux d'un enfant, n'a pas éprouvé cette sensation mystérieuse d'une communication d'un instant avec un être d'une maturité supérieure à celle de son âge ? En examinant ce petit portrait dont les années ont aussi bien changé le visage que le costume, j'ai ressenti une semblable impression. Au fond de ce regard, un peu grave, au milieu de ces traits enfantins, il m'a semblé voir quelque chose de ce qui se passe dans celui d'un voyageur qui, avant de se mettre en route, mesure rapidement des yeux le chemin à parcourir, un éclair d'indécision et d'étonnement devant une multitude de choses entrevues.

Dans le regard de cet enfant peut-être ai-je le tort de chercher plus de choses que le peintre n'en a marquées, comme dans *La Mouche* plus d'intentions que l'auteur n'en a voulu mettre, mais quand on vient de relire une œuvre exquise d'Alfred de Musset qui, par sa magie, vous a fait vivre dans un autre siècle, ne peut-on pas sans trop d'impertinence, et encore un peu étourdi, former pour un instant des rêves de poète ?

PHILIPPE GILLE.

Février 1892.

I

En 1756, lorsque Louis XV, fatigué des querelles entre la magistrature et le grand conseil, à propos de l'impôt des deux sous, prit le parti de tenir un lit de justice, les membres du parlement remirent leurs offices. Seize de ces démissions furent acceptées, sur quoi il y eut autant d'exils. « Mais pourriez-vous, disait madame de

Pompadour à l'un des présidents, pourriez-vous voir de sang-froid une poignée d'hommes résister à l'autorité d'un roi de France ? N'en auriez-vous pas mauvaise opinion ? Quittez votre petit manteau, monsieur le président, et vous verrez tout cela comme je le vois. »

Ce ne furent pas seulement les exilés qui portèrent la peine de leur mauvais vouloir, mais aussi leurs parents et leurs amis. Le *décachetage* amusait le roi. Pour se désennuyer de ses plaisirs, il se faisait lire par sa favorite tout ce qu'on trouvait de curieux à la poste. Bien entendu que, sous le prétexte de faire lui-même sa police secrète, il se divertissait de mille intrigues qui lui passaient ainsi sous les yeux ; mais quiconque, de près ou de loin, tenait aux chefs des factions, était presque toujours perdu. On sait que Louis XV, avec toutes sortes de faiblesses, n'avait qu'une seule force, celle d'être inexorable.

Un soir qu'il était devant le feu, les pieds sur le manteau de la cheminée, mélancolique à son ordinaire, la marquise, parcourant un paquet de lettres, haussait les épaules en riant. Le roi demanda ce qu'il y avait.

— C'est que je trouve là, répondit-elle, une

lettre qui n'a pas le sens commun, mais c'est une chose touchante, et qui fait pitié.

— Qu'y a-t-il au bas? dit le roi.

— Point de nom : c'est une lettre d'amour.

— Et qu'y a-t-il dessus?

— Voilà le plaisant. C'est qu'elle est adressée à mademoiselle d'Annebault, la nièce de ma bonne amie madame d'Estrades. C'est apparemment pour que je la voie qu'on l'a fourrée avec ces papiers.

— Et qu'y a-t-il dedans? dit encore le roi.

— Mais, je vous dis, c'est de l'amour. Il y est question aussi de Vauvert et de Neauflette. Est-on un gentilhomme dans ces pays-là? Votre Majesté les connaît-elle?

Le roi se piquait de savoir la France par cœur, c'est-à-dire la noblesse de France. L'étiquette de sa cour, qu'il avait étudiée, ne lui était pas plus familière que les blasons de son royaume; science assez courte, le reste ne comptant pas. Mais il y mettait de la vanité, et la hiérarchie était devant ses yeux comme l'escalier de marbre de son palais; il y voulait marcher en maître. Après avoir rêvé quelques instants, il fronça le sourcil comme frappé d'un mauvais souvenir, puis, faisant signe à la marquise de lire, il se rejeta dans sa bergère, en disant avec un sourire :

— Va toujours, la fille est jolie.

Madame de Pompadour, prenant alors son ton le plus doucement railleur, commença à lire une longue lettre toute remplie de tirades amoureuses :

« Voyez un peu, disait l'écrivain, comme les destins me persécutent ! Tout semblait disposé à remplir mes vœux, et vous-même, ma tendre amie, ne m'aviez-vous pas fait espérer le bonheur ? Il faut pourtant que j'y renonce, et cela pour une faute que je n'ai pas commise. N'est-ce pas un excès de cruauté de m'avoir permis d'entrevoir les cieux, pour me précipiter dans l'abîme ? Lorsqu'un infortuné est dévoué à la mort, se fait-on un barbare plaisir de laisser devant ses regards tout ce qui doit faire aimer et regretter la vie ? Tel est pourtant mon sort ; je n'ai plus d'autre asile, d'autre espérance que le tombeau, car, dès l'instant que je suis malheureux, je ne dois plus songer à votre main. Quand la fortune me souriait, tout mon espoir était que vous fussiez à moi ; pauvre aujourd'hui, je me ferais horreur si j'osais encore y songer, et du moment que je ne puis vous rendre heureuse, tout en mourant d'amour, je vous défends de m'aimer...

La marquise souriait à ces derniers mots.

— Madame, dit le roi, voilà un honnête homme. Mais, qu'est-ce qui l'empêche d'épouser sa maîtresse ?

— Permettez, Sire, que je continue :

« Cette injustice qui m'accable, me surprend de la part du meilleur des rois. Vous savez que mon père demandait pour moi une place de cornette ou d'enseigne aux gardes, et que cette place décidait de ma vie, puisqu'elle me donnait le droit de m'offrir à vous. Le duc de Biron m'avait proposé ; mais le roi m'a rejeté d'une façon dont le souvenir m'est bien amer, car si mon père a sa manière de voir (je veux que ce soit une faute), dois-je toutefois en être puni ? Mon dévouement au roi est aussi véritable, aussi sincère que mon amour pour vous. On verrait clairement l'un et l'autre, si je pouvais tirer l'épée. Il est désespérant qu'on refuse ma demande ; mais que ce soit sans raison valable qu'on m'enveloppe dans une pareille disgrâce, c'est ce qui est opposé à la bonté bien connue de Sa Majesté...

— Oui-dà, dit le roi, ceci m'intéresse.

« Si vous saviez combien nous sommes tristes ? Ah ! mon amie ! cette terre de Neauflette, ce pavillon de Vauvert, ces bosquets ! Je m'y promène seul tout le jour. J'ai défendu de ratisser ;

l'odieux jardinier est venu hier avec son manche à balai ferré. Il allait toucher le sable... La trace de vos pas, plus légère que le vent, n'était pourtant pas effacée. Le bout de vos petits pieds et vos grands talons blancs étaient encore marqués dans l'allée : ils semblaient marcher devant moi, tandis que je suivais votre belle image, et ce charmant fantôme s'animait par instants, comme s'il se fût posé sur l'empreinte fugitive. C'est là, c'est en causant le long du parterre qu'il m'a été donné de vous connaître, de vous apprécier. Une éducation admirable dans l'esprit d'un ange, la dignité d'une reine avec la grâce des nymphes, des pensées dignes de Leibnitz avec un langage si simple, l'abeille de Platon sur les lèvres de Diane, tout cela m'ensevelissait sous le voile de l'adoration. Et, pendant ce temps-là, ces fleurs bien-aimées s'épanouissaient autour de nous. Je les ai respirées en vous écoutant ; dans leur parfum vivait votre souvenir. Elles courbent à présent la tête ; elles me montrent la mort...

— C'est du mauvais Jean-Jacques, dit le roi. Pourquoi me lisez-vous cela?

— Parce que Votre Majesté me l'a ordonné pour les beaux yeux de mademoiselle d'Annebault.

— Cela est vrai, elle a de beaux yeux.

« Et quand je rentre de ces promenades, je trouve mon père seul, dans le grand salon, accoudé auprès d'une chandelle, au milieu de ces dorures fanées qui couvrent nos lambris vermoulus. Il me voit venir avec peine... mon chagrin dérange le sien... Athénaïs ! au fond de ce salon, près de la fenêtre, est le clavecin où voltigeaient vos doigts délicieux, qu'une seule fois ma bouche a touchés, pendant que la vôtre s'ouvrait doucement aux accords de la plus suave musique... si bien que vos chants n'étaient qu'un sourire. Qu'ils sont heureux, ce Rameau, ce Lulli, ce Duni, que sais-je ? et bien d'autres ! Oui, oui, vous les aimez, ils sont dans votre mémoire ; leur souffle a passé sur vos lèvres. Je m'assieds aussi à ce clavecin, j'essaye d'y jouer un de ces airs qui vous plaisent ; qu'ils me semblent froids, monotones ! je les laisse et les écoute mourir, tandis que l'écho s'en perd sous cette voûte lugubre. Mon père se retourne et me voit désolé ; qu'y peut-il faire ? Un propos de ruelle, d'antichambre, a fermé nos grilles. Il me voit jeune, ardent, plein de vie, ne demandant qu'à être au monde ; il est mon père, et n'y peut rien...

— Ne dirait-on pas, dit le roi, que ce garçon s'en allait en chasse, et qu'on lui tue son faucon sur le poing ? A qui en a-t-il, par hasard ?

« Il est bien vrai, reprit la marquise, continuant la lecture d'un ton plus bas, il est bien vrai que nous sommes proches voisins et parents éloignés de l'abbé Chauvelin...

— Voilà donc ce que c'est, dit Louis XV en bâillant. Encore quelque neveu des enquêtes et requêtes. Mon parlement abuse de ma bonté, il a vraiment trop de famille.

— Mais si ce n'est qu'un parent éloigné !...

— Bon, ce monde-là ne vaut rien du tout. Cet abbé Chauvelin est un janséniste ; c'est un bon diable, mais c'est un démis. Jetez cette lettre au feu, et qu'on ne m'en parle plus.

II

Les derniers mots prononcés par le roi n'étaient pas tout à fait un arrêt de mort, mais c'était à peu près une défense de vivre. Que pouvait faire, en 1756, un jeune homme sans fortune, dont le roi ne voulait pas entendre parler ? Tâcher d'être commis, ou se faire philosophe, poète peut-être, mais sans dédicace; et le métier, en ce cas, ne valait rien.

Telle n'était pas, à beaucoup près, la vocation du chevalier de Vauvert, qui venait d'écrire avec des larmes la lettre dont le roi se moquait. Pendant ce temps-là, seul avec son père, au fond du vieux château de Neauflette, il marchait par la chambre d'un air triste et furieux :

— Je veux aller à Versailles, disait-il.

— Et qu'y ferez-vous ?

— Je n'en sais rien ; mais que fais-je ici ?

— Vous me tenez compagnie ; il est bien certain que cela ne peut pas être fort amusant pour vous, et je ne vous retiens en aucune façon.

Mais oubliez-vous que votre mère est morte ?

— Non, monsieur, et je lui ai promis de vous consacrer la vie que vous m'avez donnée. Je reviendrai, mais je veux partir ; je ne saurais plus rester dans ces lieux.

— D'où vient cela ?

— D'un amour extrême. J'aime éperdument mademoiselle d'Annebault.

— Vous savez que c'est inutile. Il n'y a que Molière qui fasse des mariages sans dot. Oubliez-vous aussi ma disgrâce ?

— Eh ! monsieur, votre disgrâce, me serait-il permis, sans m'écarter du plus profond respect, de vous demander ce qui l'a causée ? Nous ne sommes pas du parlement. Nous payons l'impôt, nous ne le faisons pas. Si le parlement lésine sur les deniers du roi, c'est son affaire et non la nôtre. Pourquoi M. l'abbé Chauvelin nous entraîne-t-il dans sa ruine ?

— M. l'abbé Chauvelin agit en honnête homme. Il refuse d'approuver le dixième, parce qu'il est révolté des dilapidations de la cour. Rien de pareil n'aurait eu lieu du temps de madame de Châteauroux. Elle était belle, au moins, celle-là, et elle ne coûtait rien, pas même ce qu'elle donnait si généreusement. Elle était maîtresse et souveraine, et elle se disait satisfaite si le roi ne l'envoyait pas pourrir dans un cachot lorsqu'il lui retirerait ses bonnes grâces. Mais cette Étioles, cette Le Normand, cette Poisson insatiable !

— Et qu'importe ?

— Qu'importe ! dites-vous ? Plus que vous ne pensez. Savez-vous seulement que, à présent, tandis que le roi nous gruge, la fortune de sa grisette est incalculable ? Elle s'était fait donner au début cent quatre-vingt mille livres de rente ; mais ce n'était qu'une bagatelle, cela ne compte plus maintenant ; on ne saurait se faire une idée des sommes effrayantes que le roi lui jette à la tête ; il ne se passe pas trois mois de l'année où

elle n'attrape au vol, comme par hasard, cinq ou six cent mille livres, hier sur les sels, aujourd'hui sur les augmentations du trésorier des écuries ; avec les logements qu'elle a dans toutes les maisons royales, elle achète La Selle, Cressy, Aulnay, Brimborion, Marigny, Saint-Remy, Bellevue, et tant d'autres terres, des hôtels à

Paris, à Fontainebleau, à Versailles, à Compiègne, sans compter une fortune secrète placée en tous pays dans toutes les banques d'Europe, en cas de disgrâce probablement, ou de la mort du souverain. Et qui paye tout cela, s'il vous plaît ?

— Je l'ignore, monsieur, mais ce n'est pas moi.

— C'est vous, comme tout le monde, c'est la France, c'est le peuple qui sue sang et eau, qui crie dans la rue, qui insulte la statue de Pigalle. Et le parlement ne veut plus de cela ; il ne veut plus de nouveaux impôts. Lorsqu'il s'agissait des frais de la guerre, notre dernier écu était prêt ; nous ne songions pas à marchander. Le roi victorieux a pu voir clairement qu'il était aimé par tout le royaume, plus clairement encore lorsqu'il faillit mourir. Alors cessa toute dissidence, toute faction, toute rancune ; la France entière se mit à genoux devant le lit du roi et pria pour lui. Mais si nous payons, sans compter, ses soldats ou ses médecins, nous ne voulons plus payer ses maîtresses, et nous avons autre chose à faire que d'entretenir madame de Pompadour.

— Je ne la défends pas, monsieur. Je ne

saurais lui donner ni tort ni raison ; je ne l'ai jamais vue.

— Sans doute ; et vous ne seriez pas fâché de la voir, n'est-il pas vrai, pour avoir là-dessus

quelque opinion ? Car, à votre âge, la tête juge par les yeux. Essayez donc, si bon vous semble ; mais ce plaisir-là vous sera refusé.

— Pourquoi, monsieur ?

— Parce que c'est une folie ; parce que cette marquise est aussi invisible dans ses petits boudoirs de Brimborion que le Grand-Turc dans son sérail ; parce qu'on vous fermera toutes les portes au nez. Que voulez-vous faire ? Tenter

l'impossible ! chercher fortune comme un aventurier !

— Non pas, mais comme un amoureux. Je ne prétends point solliciter, monsieur, mais réclamer contre une injustice. J'avais une espérance fondée, presque une promesse de M. de Biron ; j'étais à la veille de posséder ce que j'aime, et cet amour n'est point déraisonnable ; vous ne l'avez pas désapprouvé. Souffrez donc que je tente de plaider ma cause. Aurai-je affaire au roi ou à madame de Pompadour, je l'ignore, mais je veux partir.

— Vous ne savez pas ce que c'est que la cour, et vous voulez vous y présenter !

— Eh ! j'y serai peut-être reçu plus aisément, par cette raison que je suis inconnu.

— Vous inconnu, chevalier ! y pensez-vous ? Avec un nom comme le vôtre !... Nous sommes vieux gentilshommes, monsieur ; vous ne sauriez être inconnu.

— Eh bien donc, le roi m'écoutera !

— Il ne voudra pas seulement vous entendre. Vous rêvez Versailles, et vous croirez y être quand votre postillon s'arrêtera... Supposons que vous parveniez jusqu'à l'antichambre, à la galerie, à l'Œil-de-bœuf : vous ne verrez entre Sa

Majesté et vous que le battant d'une porte ; il y aura un abîme. Vous vous retournerez, vous chercherez des biais, des protections, vous ne trouverez rien. Nous sommes parents de M. de Chauvelin ; et comment croyez-vous que le roi se venge ? Par la torture pour Damiens, par l'exil pour le parlement, mais pour nous autres, par un mot, ou, pis encore, par le silence. Savez-vous ce que c'est que le silence du roi, lorsque, avec son regard muet, au lieu de vous répondre, il vous dévisage en passant et vous anéantit? Après la Grève et la Bastille, c'est un certain degré de supplice qui, moins cruel en apparence, marque aussi bien que la main du bourreau. Le condamné, il est vrai, reste libre, mais il ne lui faut plus songer à s'approcher ni d'une femme, ni d'un courtisan, ni d'un salon, ni d'une abbaye, ni d'une caserne. Devant lui tout se ferme ou se détourne, et il se promène ainsi au hasard dans une prison invisible.

— Je m'y remuerai tant que j'en sortirai.

— Pas plus qu'un autre. Le fils de M. de Meynières n'était pas plus coupable que vous. Il avait, comme vous, des promesses, les plus légitimes espérances. Son père, le plus dévoué sujet de Sa Majesté, le plus honnête homme du royaume, repoussé par le roi, est allé, avec ses cheveux gris, non pas prier, mais essayer de persuader la grisette. Savez-vous ce qu'elle a répondu? Voici ses propres paroles, que M. de Meynières m'envoie dans une lettre : « Le roi est le maître ; il ne juge pas à propos de vous marquer son mécontentement personnellement ; il se contente de vous le faire éprouver en privant monsieur votre fils d'un état ; vous punir autrement, ce serait commencer une affaire, et il n'en veut pas ; il faut respecter ses volontés. Je vous plains cependant, j'entre dans vos peines, j'ai été mère ; je sais ce qu'il doit vous en coûter pour laisser votre fils sans état. » Voilà le style de cette créature, et vous voulez vous mettre à ses pieds !

— On dit qu'ils sont charmants, monsieur.

— Parbleu ! oui. Elle n'est pas jolie, et le roi ne l'aime pas, on le sait. Il cède, il plie devant cette femme. Pour maintenir son étrange pouvoir, il faut bien qu'elle ait autre chose que sa tête de bois.

— On prétend qu'elle a tant d'esprit !

— Et point de cœur ; le beau mérite !

— Point de cœur ! elle qui sait si bien déclamer les vers de Voltaire, chanter la musique de

Rousseau ! elle qui joue Alzire et Colette ! C'est impossible, je ne le croirai jamais.

— Allez-y voir, puisque vous le voulez. Je conseille et n'ordonne pas, mais vous en serez pour vos frais de voyage. Vous aimez donc beaucoup cette demoiselle d'Annebault ?

— Plus que ma vie.

— Allez, monsieur.

III

On a dit que les voyages font tort à l'amour, parce qu'ils donnent des distractions ; on a dit aussi qu'ils le fortifient, parce qu'ils laissent le temps d'y rêver. Le chevalier était trop jeune pour faire de si savantes distinctions. Las de la voiture, à moitié chemin, il avait pris un bidet de poste, et arrivait ainsi vers cinq heures du soir à l'auberge du Soleil, enseigne passée de mode, du temps de Louis XIV.

Il y avait à Versailles un vieux prêtre qui avait été curé près de Neauflette ; le chevalier le connaissait et l'aimait. Ce curé, simple et pauvre, avait un neveu à bénéfices, abbé de cour, qui pouvait être utile. Le chevalier alla donc chez le neveu, lequel, homme d'importance, plongé dans son rabat, reçut fort bien le nouveau venu et ne dédaigna pas d'écouter sa requête.

— Mais, parbleu, dit-il, vous venez au mieux. Il y a ce soir opéra à la cour, une espèce de fête, de je ne sais quoi. Je n'y vais pas, parce que je boude la marquise, afin d'obtenir quelque chose ; mais voici justement un mot de M. le duc d'Aumont, que je lui avais demandé pour quelqu'un, je ne sais plus qui. Allez là. Vous n'êtes pas encore présenté, il est vrai, mais pour le spectacle cela n'est pas nécessaire. Tâchez de vous trouver sur le passage du roi au petit foyer. Un regard, et votre fortune est faite.

Le chevalier remercia l'abbé, et fatigué d'une nuit mal dormie et d'une journée à cheval, il fit, devant un miroir d'auberge, une de ces toilettes nonchalantes qui vont si bien aux amoureux. Une servante peu expérimentée l'accommoda du mieux qu'elle put, et couvrit de poudre son habit

pailleté. Il s'achemina ainsi vers le hasard. Il avait vingt ans.

La nuit tombait lorsqu'il arriva au château. Il s'avança timidement vers la grille et demanda son chemin à la sentinelle. On lui montra le grand escalier. Là, il apprit du suisse que l'opéra venait de commencer, et que le roi, c'est-à-dire tout le monde, était dans la salle.

— Si Monsieur le marquis veut traverser la cour, ajouta le suisse (à tout hasard, on donnait du marquis), il sera au spectacle dans un instant. S'il aime mieux passer par les appartements...

Le chevalier ne connaissait point le palais. La curiosité lui fit répondre d'abord qu'il passerait par les appartements ; puis, comme un laquais se disposait à le suivre pour le guider, un mouvement de vanité lui fit ajouter qu'il n'avait que faire d'être accompagné. Il s'avança donc seul, non sans quelque émotion.

Versailles resplendissait de lumières. Du rez-de-chaussée jusqu'au faîte, les lustres, les girandoles, les meubles dorés, les marbres étincelaient. Hormis aux appartements de la reine, les deux battants étaient ouverts partout. A mesure que le chevalier marchait, il était frappé d'un étonnement et d'une admiration difficiles à imaginer ; car ce qui rendait tout à fait merveilleux le spectacle qui s'offrait à lui, ce n'était pas seulement la beauté, l'éclat de ce spectacle même, c'était la complète solitude où il se trouvait dans cette sorte de désert enchanté.

A se voir seul, en effet, dans une vaste enceinte, que ce soit dans un temple, un cloître ou un château, il y a quelque chose de bizarre, et, pour ainsi dire, de mystérieux. Le monument semble peser sur l'homme ; les murs le regardent ; les échos l'écoutent ; le bruit de ses pas trouble un si grand silence, qu'il en ressent une crainte involontaire, et n'ose marcher qu'avec respect.

Ainsi d'abord fit le chevalier ; mais bientôt la curiosité prit le dessus et l'entraîna. Les candélabres de la galerie des glaces, en se mirant, se renvoyaient leurs feux. On sait combien de milliers d'amours, de nymphes et de bergères se jouaient alors sur les lambris, voltigeaient aux plafonds, et semblaient enlacer d'une immense guirlande le palais tout entier. Ici, de vastes salles, avec des baldaquins en velours semé d'or, et des fauteuils de parade conservant encore la roideur majestueuse du grand roi ; là, des ottomanes chiffonnées, des pliants en désordre autour d'une table de jeux ; une suite infinie de salons toujours vides, où la magnificence éclatait d'autant mieux qu'elle semblait plus inutile ; de temps en temps, des portes secrètes s'ouvrant sur des corridors à perte de vue ; mille escaliers, mille passages se croisant comme dans un labyrinthe ; des colonnes, des estrades faites pour des géants ; des boudoirs enchevêtrés comme des cachettes d'enfants ; une énorme toile de

Vanloo près d'une cheminée de porphyre ; une boîte à mouches oubliée à côté d'un magot de la Chine ; tantôt une grandeur écrasante, tantôt une grâce efféminée ; et partout, au milieu du luxe, de la prodigalité et de la mollesse, mille odeurs enivrantes, étranges et diverses, les parfums mêlés des fleurs et des femmes, une tiédeur énervante, l'air de la volupté.

Être en pareil lieu, à vingt ans, au milieu de ces merveilles, et s'y trouver seul, il y avait à coup sûr de quoi être ébloui. Le chevalier avançait au hasard, comme dans un rêve :

« Vrai palais de fées ! » murmurait-il ; et, en effet, il lui semblait voir se réaliser pour lui un de ces contes où les princes égarés découvrent des châteaux magiques.

Étaient-ce bien des créatures mortelles qui habitaient ce séjour sans pareil ? Étaient-ce des femmes véritables qui venaient de s'asseoir dans ces fauteuils, et dont les contours gracieux avaient laissé à ces coussins cette empreinte légère, pleine encore d'indolence ? Qui sait ? Derrière ces rideaux épais, au fond de quelque immense et brillante galerie, peut-être allait-il apparaître une princesse endormie depuis cent ans, une fée en paniers, une Armide en paillettes, ou quelque hamadryade de cour, sortant d'une colonne de marbre, entr'ouvant un lambris doré !

Étourdi, malgré lui, par toutes ces chimères, le chevalier, pour mieux rêver, s'était jeté sur un sofa, et il s'y serait peut-être oublié longtemps s'il ne s'était souvenu qu'il était amoureux. Que faisait, pendant ce temps-là, mademoiselle d'Annebault, sa bien-aimée, restée, elle, dans un vieux château ?

— Athénaïs ! s'écria-t-il tout à coup, que fais-je ici à perdre mon temps? Ma raison est-elle égarée ! Où suis-je donc, grand Dieu ! et que se passe-t-il en moi ?

Il se leva et continua son chemin à travers ce pays nouveau, et il s'y perdit, cela va sans dire. Deux ou trois laquais, parlant à voix basse, lui apparurent au fond d'une galerie. Il s'avança vers eux et leur demanda sa route pour aller à la comédie.

— Si monsieur le marquis, lui répondit-on (toujours d'après la même formule), veut bien prendre la peine de descendre par cet escalier et de suivre la galerie à droite, il trouvera au bout trois marches à monter; il tournera alors à gauche, et quand il aura traversé le salon de Diane, celui d'Apollon, celui des Muses et celui du Printemps, il redescendra encore six marches, puis, en laissant à droite la salle des gardes, comme pour gagner l'escalier des ministres, il ne peut manquer de rencontrer là d'autres huissiers qui lui indiqueront le chemin.

— Bien obligé, dit le chevalier, et avec de si bons renseignements ce sera bien ma faute si je ne m'y retrouve pas.

Il se remit en marche avec courage, s'arrêtant toujours malgré lui pour regarder de côté et d'autre, puis se rappelant de nouveau ses amours ; enfin, au bout d'un grand quart d'heure, ainsi qu'on le lui avait annoncé, il trouva de nouveaux laquais :

— Monsieur le marquis s'est trompé, lui dirent ceux-ci, c'est par l'autre aile du château qu'il aurait fallu prendre ; mais rien n'est plus facile que de la regagner. Monsieur n'a qu'à descendre cet escalier, puis il traversera le salon des Nymphes, celui de l'Été, celui de...

— Je vous remercie, dit le chevalier.

« Et je suis bien sot, pensa-t-il encore, d'interroger ainsi les gens comme un badaud. Je me déshonore en pure perte, et quand, par impossible, ils ne se moqueraient pas de moi, à quoi me sert leur nomenclature, et tous les sobriquets pompeux de ces salons dont je ne connais pas un ? »

Il prit le parti d'aller droit devant lui, autant que faire se pourrait : « Car, après tout, se disait-il, ce palais est fort beau, il est très grand, mais il n'est pas sans bornes, et, fût-il long comme trois fois notre garenne, il faudra bien que j'en voie la fin. »

Mais il n'est pas facile, à Versailles, d'aller longtemps droit devant soi, et cette comparaison rustique de la royale demeure avec une garenne déplut peut-être aux nymphes de l'endroit, car elles recommencèrent de plus belle à égarer le pauvre amoureux, et, sans doute pour le punir, elles prirent plaisir à le faire tourner et retourner sur ses propres pas, le ramenant sans cesse à la même place, justement comme un campagnard fourvoyé dans une charmille; c'est ainsi qu'elles l'enveloppaient dans leur dédale de marbre et d'or.

Dans les *Antiquités de Rome*, de Piranési, il y a une série de gravures que l'artiste appelle « ses rêves », et qui sont un souvenir de ses propres visions durant le délire d'une fièvre. Ces gravures représentent de vastes salles gothiques; sur le pavé sont toutes sortes d'engins et de machines, roues, câbles, poulies, leviers, catapultes, etc., etc., expression d'énorme puissance mise en action et de résistance formidable. Le long des murs, vous apercevez un escalier, et sur cet escalier, grimpant, non sans peine, Piranési lui-même. Suivez les marches un peu plus haut, elles s'arrêtent tout à coup devant un abîme. Quoi qu'il soit advenu du pauvre Piranési, vous le croyez du moins au bout de son travail, car il ne peut faire un pas de plus sans tomber; mais levez les yeux, et vous voyez un

5

second escalier qui s'élève en l'air, et sur cet escalier, encore Piranési sur le bord d'un autre précipice. Regardez encore plus haut, et un escalier encore plus aérien se dresse devant vous, et encore le pauvre Piranési continuant son ascension, et ainsi de suite, jusqu'à ce que l'éternel escalier et Piranési disparaissent ensemble dans les nues, c'est-à-dire dans le bord de la gravure.

Cette fiévreuse allégorie représente assez exactement l'ennui d'une peine inutile, et l'espèce de vertige que donne l'impatience. Le chevalier, voyageant toujours de salon en salon et de galerie en galerie, fut pris d'une sorte de colère :

— Parbleu ! dit-il, voilà qui est cruel. Après avoir été si charmé, si ravi, si enthousiasmé de me trouver seul dans ce maudit palais (ce n'était plus le palais des fées) je n'en pourrai donc pas sortir ! Peste soit de la fatuité qui m'a inspiré cette idée d'entrer ici comme le prince Fanfarinet avec ses bottes d'or massif, au lieu de dire au premier laquais venu de me conduire tout bonnement à la salle de spectacle !

Lorsqu'il ressentait ces regrets tardifs, le chevalier était, comme Piranési, à la moitié d'un escalier, sur un palier, entre trois portes. Derrière celle du milieu, il lui sembla entendre un murmure si doux, si léger, si voluptueux, pour ainsi dire, qu'il ne put s'empêcher d'écouter. Au moment où il s'avançait, tremblant de prêter une oreille indiscrète, cette porte s'ouvrit à deux battants. Une bouffée d'air embaumée de mille parfums, un torrent de lumière à faire pâlir la galerie des glaces, vinrent le frapper si soudainement qu'il recula de quelques pas.

— Monsieur le marquis veut-il entrer? demanda l'huissier qui avait ouvert la porte.

— Je voudrais aller à la comédie, répondit le chevalier.

— Elle vient de finir à l'instant même.

En même temps, de fort belles dames, délicatement plâtrées de blanc et de carmin, donnant, non pas le bras, ni même la main, mais le bout des doigts à de vieux et jeunes seigneurs, commençaient à sortir de la salle de spectacle, ayant grand soin de marcher de profil, pour ne pas gâter leurs paniers. Tout ce monde brillant parlait à voix basse, avec une demi-gaieté, mêlée de crainte et de respect.

— Qu'est-ce donc? dit le chevalier, ne devinant pas que le hasard l'avait conduit précisément au petit foyer.

— Le roi va passer, répondit l'huissier.

Il y a une sorte d'intrépidité qui ne doute de rien, elle n'est que trop facile : c'est le courage des gens mal élevés. Notre jeune provincial, bien qu'il fût raisonnablement brave, ne possédait pas cette faculté. A ces seuls mots : « Le roi va passer, » il resta immobile et presque effrayé.

Le roi Louis XV, qui faisait à cheval, à la chasse, une douzaine de lieues sans y prendre garde, était, comme l'on sait, souverainement nonchalant. Il se vantait, non sans raison, d'être le premier gentilhomme de France, et ses maîtresses lui disaient, non sans cause, qu'il en était le mieux fait et le plus beau. C'était une chose considérable que de le voir quitter son fauteuil, et daigner marcher en personne. Lorsqu'il traversa le foyer, avec un bras posé ou plutôt étendu sur l'épaule de M. d'Argenson, pendant que son talon rouge glissait sur le parquet (il avait mis cette paresse à la mode), toutes les chuchoteries cessèrent; les courtisans baissaient la tête, n'osant pas saluer tout à fait, et les belles dames, se repliant doucement sur leurs jarretières couleur de feu, au fond de leurs immenses falbalas, hasardaient ce bonsoir coquet que nos grand'mères appelaient une révérence, et que notre siècle a remplacé par le brutal « shakehands » des Anglais.

Mais le roi ne se souciait de rien, et ne voyait que ce qui lui plaisait. Alfiéri était peut-être là, qui raconte ainsi sa présentation à Versailles, dans ses Mémoires :

« Je savais que le roi ne parlait jamais aux étrangers qui n'étaient pas marquants ; je ne pus cependant me faire à l'impassible et sourcilleux maintien de Louis XV. Il toisait l'homme qu'on lui présentait de la tête aux pieds, et il avait l'air de n'en recevoir aucune impression. Il me semble cependant que si l'on disait à un géant : *Voici une fourmi que je vous présente*, en la regardant il sourirait, ou dirait peut-être : « Ah ! le petit animal ! »

Le taciturne monarque passa donc à travers ces fleurs, ces belles dames, et toute cette cour, gardant sa solitude au milieu de la foule. Il ne fallut pas au chevalier de longues réflexions pour comprendre qu'il n'avait rien à espérer du roi, et que le récit de ses amours n'obtiendrait là aucun succès.

« Malheureux que je suis ! pensa-t-il ; mon père n'avait que trop raison lorsqu'il me disait qu'à deux pas du roi je verrais un abîme entre lui et moi. Quand bien même je me hasarderais à demander une audience, qui me protégera? Qui me présentera? Le voilà, ce maître absolu qui peut d'un mot changer ma destinée, assurer ma fortune, combler tous mes souhaits. Il est là, devant moi; en étendant la main, je pourrais toucher sa parure... et je me sens plus loin de lui que si j'étais encore au fond de ma province! Comment lui parler? Comment l'aborder? Qui viendra donc à mon secours! »

Pendant que le chevalier se désolait ainsi, il vit entrer une jeune dame assez jolie, d'un air plein de grâce et de finesse; elle était vêtue fort simplement, d'une robe blanche, sans diamants ni broderies, avec une rose sur l'oreille. Elle donnait la main à un seigneur *tout à l'ambre*, comme dit Voltaire, et lui parlait tout bas derrière son éventail. Or, le hasard voulut qu'en causant, en riant et en gesticulant, cet éventail vînt à lui échapper et à tomber sous un fauteuil, précisément devant le chevalier. Il se précipita aussitôt pour le ramasser, et comme, pour cela, il avait mis un genou en terre, la jeune dame lui parut si charmante, qu'il lui présenta l'éventail sans se relever. Elle s'arrêta, sourit, et passa, remerciant d'un léger signe de tête : mais au regard qu'elle avait jeté sur le chevalier, il sentit battre son cœur sans savoir pourquoi. — Il avait raison. — Cette jeune dame était la petite d'Étioles, comme l'appelaient encore les mécontents, tandis que les autres, en parlant d'elle, disaient « la Marquise », comme on dit « la Reine ».

IV

« Celle-là me protégera, celle-là viendra à mon secours ! Ah ! que l'abbé avait raison de me dire qu'un regard déciderait de ma vie ! Oui, ces yeux si fins et si doux, cette petite bouche railleuse et délicieuse, ce petit pied noyé dans un pompon... Voilà ma bonne fée ! »

Ainsi pensait, presque tout haut, le chevalier

rentrant à son auberge. D'où lui venait cette espérance subite ? Sa jeunesse seule parlait-elle, ou les yeux de la marquise avaient-ils parlé ?

Mais la difficulté restait toujours la même. S'il ne songeait plus maintenant à être présenté au roi, qui le présenterait à la marquise ?

Il passa une grande partie de la nuit à écrire à mademoiselle d'Annebault une lettre à peu près pareille à celle qu'avait lue madame de Pompadour.

Retracer cette lettre serait fort inutile. Hormis les sots, il n'y a que les amoureux qui se trouvent toujours nouveaux, en répétant toujours la même chose.

Dès le matin, le chevalier sortit et se mit à marcher en rêvant dans les rues. Il ne lui vint pas à l'esprit d'avoir encore recours à l'abbé protecteur, et il ne serait pas aisé de dire la raison qui l'en empêchait. C'était comme un mélange de crainte et d'audace, de fausse honte et de romanesque. Et, en effet, que lui aurait répondu l'abbé, s'il lui avait conté son histoire de la veille ? — Vous vous êtes trouvé à propos pour ramasser un éventail ; avez-vous su en profiter ? Qu'avez-vous dit à la marquise ? — Rien. — Vous auriez dû lui parler. — J'étais troublé, j'avais perdu la tête. — Cela est un tort ; il faut savoir saisir l'occasion ; mais cela peut se réparer. Voulez-vous que je vous présente à monsieur un tel, il est de mes amis. A madame une telle ? elle est mieux encore. Nous tâcherons de vous faire parvenir jusqu'à cette marquise qui vous a fait peur, et cette fois, etc., etc.

Or le chevalier ne se souciait de rien de pareil. Il lui semblait qu'en racontant son aventure il l'aurait, pour ainsi dire, gâtée et déflorée. Il se disait que le hasard avait fait pour lui une chose inouïe, incroyable, et que ce devait être un secret entre lui et la fortune ; confier ce secret au premier venu, c'était, à son avis, en ôter tout le prix et s'en montrer indigne. « Je suis allé seul hier au château de Versailles, pensait-il ; j'irai bien seul à Trianon » (c'était en ce moment le séjour de la favorite).

Une telle façon de penser peut et doit même paraître extravagante aux esprits calculateurs, qui ne négligent rien et laissent le moins possible au hasard ; mais les gens les plus froids, s'ils ont été jeunes (tout le monde ne l'est pas, même au temps de la jeunesse), ont pu connaître ce sentiment bizarre, faible et hardi, dangereux et séduisant, qui nous entraîne vers la destinée :

on se sent aveugle, et on veut l'être ; on ne sait où l'on va, et l'on marche. Le charme est dans cette insouciance et dans cette ignorance même ; c'est le plaisir de l'artiste qui rêve, de l'amoureux qui passe la nuit sous les fenêtres de sa maîtresse ; c'est aussi l'instinct du soldat ; c'est, surtout, celui du joueur.

Le chevalier, presque sans le savoir, avait donc pris le chemin de Trianon. Sans être fort paré, comme on disait alors, il ne manquait ni d'élégance, ni de cette façon d'être qui fait qu'un laquais, vous rencontrant en route, ne vous demande pas où vous allez. Il ne lui fut donc pas difficile, grâce à quelques indications prises à son auberge, d'arriver jusqu'à la grille du château, si l'on peut appeler ainsi cette bonbonnière de marbre qui vit jadis tant de plaisirs et d'ennuis. Malheureusement, la grille était fermée, et un gros suisse, vêtu d'une simple houppelande, se promenait, les mains derrière le dos, dans l'avenue intérieure, comme quelqu'un qui n'attend personne.

« Le roi est ici ! se dit le chevalier, ou la marquise n'y est pas. Évidemment, quand les portes sont closes et que les valets se promènent, les maîtres sont enfermés ou sortis. »

Que faire? Autant il se sentait, un instant auparavant, de confiance et de courage, autant il éprouvait tout à coup de trouble et de désappointement. Cette seule pensée : « Le roi est ici ! » l'effrayait plus que n'avaient fait la veille ces trois mots : « Le roi va passer ! » car ce n'était alors que de l'imprévu, et maintenant il connaissait ce froid regard, cette majesté impassible.

« Ah, bon Dieu ! quel visage ferais-je si j'essayais, en étourdi, de pénétrer dans ce jardin, et si j'allais me trouver face à face devant ce monarque superbe, prenant son café au bord d'un ruisseau ? »

Aussitôt se dessina devant le pauvre amoureux la silhouette désobligeante de la Bastille ; au lieu de l'image charmante qu'il avait gardée de cette marquise passant en souriant, il vit des donjons, des cachots, du pain noir, l'eau de la question ; il savait l'histoire de Latude. Peu à peu venait la réflexion, et peu à peu s'envolait l'espérance.

« Et cependant, se dit-il encore, je ne fais point de mal, ni le roi non plus. Je réclame contre une injustice ; je n'ai jamais chansonné personne. On m'a si bien reçu hier à Versailles, et les laquais ont été si polis ! De quoi ai-je peur ? De faire une sottise ? J'en ferai d'autres qui répareront celle-là. »

Il s'approcha de la grille et la toucha du doigt ; elle n'était pas tout à fait fermée. Il l'ouvrit et entra résolument. Le suisse se détourna d'un air ennuyé :

— Que demandez-vous ? Où allez-vous ?

— Je vais chez madame de Pompadour.

— Avez-vous une audience ?

— Oui.

— Où est votre lettre ?

Ce n'était plus le marquisat de la veille, et, cette fois, il n'y avait plus de duc d'Aumont. Le chevalier baissa tristement les yeux, et s'aperçut que ses bas blancs et ses boucles de cailloux du Rhin étaient couverts de poussière. Il avait commis la faute de venir à pied, dans un pays où l'on ne marchait pas. Le suisse baissa les yeux aussi, et le toisa, non de la tête aux pieds, mais des pieds à la tête. L'habit lui parut propre, mais le chapeau était un peu de travers et la coiffure dépoudrée :

— Vous n'avez point de lettre. Que voulez-vous ?

— Je voudrais parler à madame de Pompadour.

— Vraiment ! Et vous croyez que ça se fait comme ça ?

— Je n'en sais rien. Le roi est-il ici ?

— Peut-être. Sortez, et laissez-moi en repos.

Le chevalier ne voulait pas se mettre en colère ; mais, malgré lui, cette insolence le fit pâlir :

— J'ai dit quelquefois à un laquais de sortir, répondit-il, mais un laquais ne me l'a jamais dit.

— Laquais ! moi ? un laquais ! s'écria le suisse furieux.

— Laquais, portier, valet et valetaille, je ne m'en soucie point, et très peu m'importe.

Le suisse fit un pas vers le chevalier, les poings crispés et le visage en feu. Le chevalier, rendu à lui-même par l'apparence d'une menace, souleva légèrement la poignée de son épée :

— Prenez garde, dit-il, je suis gentilhomme, et il en coûte trente-six livres pour envoyer en terre un rustre comme vous.

— Si vous êtes gentilhomme, monsieur, moi, j'appartiens au roi : je ne fais que mon devoir, et ne croyez pas...

En ce moment, le bruit d'une fanfare, qui semblait venir du bois de Satory, se fit entendre au loin et se perdit dans l'écho. Le chevalier laissa son épée retomber dans le fourreau, et, ne songeant plus à la querelle commencée :

— Eh! morbleu! dit-il, c'est le roi qui part pour la chasse. Que ne me le disiez-vous tout de suite ?

— Cela ne me regarde pas, ni vous non plus.

— Écoutez-moi, mon cher ami. Le roi n'est pas là, je n'ai pas de lettre, je n'ai pas d'audience. Voici pour boire, laissez-moi entrer.

Il tira de sa poche quelques pièces d'or. Le

suisse le toisa de nouveau avec un souverain mépris :

— Qu'est-ce que c'est que ça? dit-il dédaigneusement. Cherche-t-on ainsi à s'introduire dans une demeure royale? Au lieu de vous faire sortir, prenez garde que je ne vous y enferme.

— Toi, double maraud! dit le chevalier, retrouvant sa colère et reprenant son épée.

— Oui, moi, répéta le gros homme. Mais, pendant cette conversation, où l'historien regrette d'avoir compromis son héros, d'épais nuages avaient obscurci le ciel; un orage se préparait. Un éclair rapide brilla, suivi d'un violent coup de tonnerre, et la pluie commençait à tomber lourdement. Le chevalier, qui tenait encore son or, vit une goutte d'eau sur son soulier poudreux, grande comme un petit écu :

— Peste, dit-il, mettons-nous à l'abri. Il ne s'agit pas de se laisser mouiller.

Et il se dirigea lestement vers l'antre du Cerbère, ou, si l'on veut, la maison du concierge; puis là, se jetant sans façon dans le grand fauteuil du concierge même :

— Dieu! que vous m'ennuyez! dit-il, et que je suis malheureux! Vous me prenez pour un conspirateur, et vous ne comprenez pas que j'ai dans ma poche un placet pour Sa Majesté ! je suis de province, mais vous n'êtes qu'un sot.

Le suisse, pour toute réponse, alla dans un coin prendre sa hallebarde, et resta ainsi debout, l'arme au poing.

— Quand partirez-vous ? s'écria-t-il d'une voix de stentor.

La querelle, tour à tour oubliée et reprise, semblait cette fois devenir tout à fait sérieuse, et déjà les deux grosses mains du suisse tremblaient étrangement sur sa pique ; qu'allait-il advenir ? je ne sais, lorsque, tournant tout à coup la tête .

— Ah ! dit le chevalier, qui vient là ?

Un jeune page, montant un cheval superbe (non pas anglais ; dans ce temps-là les jambes maigres n'étaient pas à la mode), accourait à toute bride et au triple galop. Le chemin était trempé par la pluie ; la grille n'était qu'entr'ouverte. Il y eut une hésitation ; le suisse s'avança et ouvrit la grille. Le page donna de l'éperon ; le cheval, arrêté un instant, voulut reprendre son train, manqua du pied, glissa sur la terre humide et tomba.

Il est fort peu commode, presque dangereux, de faire relever un cheval tombé à terre. Il n'y a cravache qui tienne. La gesticulation des jambes de la bête, qui fait ce qu'elle peut, est extrêmement désagréable, surtout lorsque l'on a soi-même une jambe aussi prise sous la selle.

Le chevalier, toutefois, vint à l'aide sans réfléchir à ces inconvénients, et il s'y prit si adroitement que bientôt le cheval fut redressé et le cavalier dégagé. Mais celui-ci était couvert de boue, et ne pouvait qu'à peine marcher en boitant. Transporté, tant bien que mal, dans la maison du suisse, et assis à son tour dans le grand fauteuil :

— Monsieur, dit-il au chevalier, vous êtes gentilhomme, à coup sûr. Vous m'avez rendu un grand service, mais vous m'en pouvez rendre un plus grand encore. Voici un message du roi pour madame la marquise, et ce message est très pressé, comme vous le voyez, puisque mon cheval et moi, pour aller plus vite, nous avons failli nous rompre le cou. Vous comprenez que, fait comme je suis, avec une jambe éclopée, je ne saurais porter ce papier. Il faudrait, pour cela, me faire porter moi-même. Voulez-vous y aller à ma place ?

En même temps, il tirait de sa poche une grande enveloppe dorée d'arabesques, accompagnée du sceau royal.

— Très volontiers, monsieur, répondit le chevalier, prenant l'enveloppe. Et, leste et léger comme une plume, il partit en courant, sur la pointe du pied.

V

Quand le chevalier arriva au château, un suisse était encore devant le péristyle :

« Ordre du roi, » dit le jeune homme, qui, cette fois, ne redoutait plus les hallebardes ; et, montrant sa lettre, il entra gaiement au travers d'une demi-douzaine de laquais.

Un grand huissier, planté au milieu du vestibule, voyant l'ordre et le sceau royal, s'inclina gravement, comme un peuplier courbé par le vent, puis, de l'un de ses doigts osseux, il toucha, en souriant, le coin d'une boiserie.

Une petite porte battante, masquée par une tapisserie, s'ouvrit aussitôt comme d'elle-même. L'homme osseux fit un signe obligeant : le chevalier entra, et la tapisserie, qui s'était entr'ouverte, retomba mollement derrière lui.

Un valet de chambre silencieux l'introduisit alors dans un salon, puis dans un corridor, sur lequel s'ouvraient deux ou trois petits cabinets, puis enfin dans un second salon, et le pria d'attendre un instant.

« Suis-je encore ici au château de Versailles? se demandait le chevalier. Allons-nous recommencer à jouer à cligne-musette ? »

Trianon n'était, à cette époque, ni ce qu'il est maintenant, ni ce qu'il avait été. On a dit que madame de Maintenon avait fait de Versailles un oratoire, et madame de Pompadour un boudoir. On a dit aussi de Trianon que *ce petit château de porcelaine* était le boudoir de madame de Montespan. Quoi qu'il en soit de tous ces boudoirs, il paraît que Louis XV en mettait partout. Telle galerie, où son aïeul se promenait majestueusement, était alors bizarrement divisée en une infinité de compartiments. Il y en avait de toutes les couleurs ; le roi allait papillonnant dans ces bosquets de soie et de velours. « Trouvez-vous de bon goût mes petits appartements meublés ? » demanda-t-il un jour à la belle comtesse de Séran. « Non, dit-elle, je les voudrais bleus. » Comme le bleu était la couleur du roi, cette réponse le flatta. Au second rendez-vous, madame de Séran trouva le salon meublé en bleu, comme elle l'avait désiré.

Celui dans lequel, en ce moment, le chevalier se trouvait seul, n'était ni bleu, ni blanc, ni rose, mais tout en glaces. On sait combien une jolie femme qui a une jolie taille gagne à laisser ainsi son image se répéter sous mille aspects. Elle éblouit, elle enveloppe, pour ainsi dire, celui à qui elle veut plaire. De quelque côté qu'il regarde, il la voit ; comment l'éviter ? Il ne lui reste plus qu'à s'enfuir, ou à s'avouer subjugué

Le chevalier regardait aussi le jardin. Là, derrière les charmilles et les labyrinthes, les statues et les vases de marbre, commençait à poindre le goût pastoral, que la marquise allait mettre à la mode, et que, plus tard, madame Dubarry et la reine Marie-Antoinette devaient pousser à un si haut degré de perfection. Déjà apparaissaient les fantaisies champêtres où se réfugiait le caprice blasé. Déjà les Tritons boursouflés, les graves déesses et les nymphes savantes, les bustes à grandes perruques, glacés d'horreur dans leurs niches de verdure, voyaient sortir de terre un jardin anglais au milieu des ifs étonnés. Les petites pelouses, les petits ruisseaux, les petits ponts, allaient bientôt détrôner l'Olympe pour le remplacer par une laiterie, étrange parodie de la nature, que les Anglais copient sans la comprendre, vrai jeu d'enfant devenu alors le passe-temps d'un maître indolent, qui ne savait comment se désennuyer de Versailles dans Versailles même.

Mais le chevalier était trop charmé, trop ravi de se trouver là pour qu'une réflexion critique pût se présenter à son esprit. Il était, au contraire, prêt à tout admirer, et il admirait en effet, tournant sa missive dans ses doigts, comme un provincial fait de son chapeau, lorsqu'une jolie fille de chambre ouvrit la porte et lui dit doucement :

— Venez, monsieur.

Il la suivit, et après avoir passé de nouveau par plusieurs corridors plus ou moins mystérieux, elle le fit entrer dans une grande chambre où les volets étaient à demi fermés. Là, elle s'arrêta et parut écouter :

« Toujours cligne-musette, se disait le chevalier. »

Cependant, au bout de quelques instants, une porte s'ouvrit encore, et une autre fille de chambre, qui semblait devoir être aussi jolie que la première, répéta du même ton les mêmes paroles :

— Venez, monsieur.

S'il avait été ému à Versailles, il l'était maintenant bien autrement, car il comprenait qu'il touchait au seuil du temple qu'habitait la divinité. Il s'avança le cœur palpitant ; une douce lumière, faiblement voilée par de légers rideaux de gaze, succéda à l'obscurité ; un parfum délicieux, presque imperceptible, se répandit dans l'air autour de lui ; la fille de chambre écarta timidement le coin d'une portière de soie, et, au fond d'un grand cabinet de la plus élégante simplicité, il aperçut la dame à l'éventail, c'est-à-dire la toute-puissante marquise.

Elle était seule, assise devant une table, enveloppée d'un peignoir, la tête appuyée sur sa main, et paraissant très préoccupée. En voyant entrer le chevalier, elle se leva par un mouvement subit et comme involontaire :

— Vous venez de la part du roi ?

Le chevalier aurait pu répondre, mais il ne trouva rien de mieux que de s'incliner profondément, en présentant à la marquise la lettre qu'il lui apportait. Elle la prit, ou plutôt s'en empara avec une extrême vivacité. Pendant qu'elle la décachetait, ses mains tremblaient sur l'enveloppe.

Cette lettre, écrite de la main du roi, était assez longue. Elle la dévora d'abord, pour ainsi dire, d'un coup d'œil, puis elle la lut avidement avec une attention profonde, le sourcil froncé et serrant les lèvres. Elle n'était pas belle ainsi, et ne ressemblait plus à l'apparition magique du petit foyer. Quand elle fut au bout, elle sembla réfléchir. Peu à peu, son visage, qui avait pâli, se colora d'un léger incarnat (à cette heure-là elle n'avait pas de rouge) : non seulement la grâce lui revint, mais un éclair de

vraie beauté passa sur ses traits délicats ; on aurait pu prendre ses joues pour deux feuilles de rose. Elle poussa un demi-soupir, laissa tomber la lettre sur la table, et se retournant vers le chevalier :

— Je vous ai fait attendre, monsieur, lui dit-elle avec le plus charmant sourire, mais c'est que je n'étais pas levée, et je ne le suis même pas encore. Voilà pourquoi j'ai été forcée de vous faire venir par les cachettes ; car je suis assiégée ici presque autant que si j'étais chez moi. Je voudrais répondre un mot au roi. Vous ennuie-t-il de faire ma commission ?

Cette fois il fallait parler ; le chevalier avait eu le temps de reprendre un peu de courage.

— Hélas ! madame, dit-il tristement, c'est beaucoup de grâce que vous me faites ; mais, par malheur, je n'en puis profiter.

— Pourquoi cela ?

— Je n'ai pas l'honneur d'appartenir à Sa Majesté.

— Comment donc êtes-vous venu ici ?

— Par un hasard. J'ai rencontré en route un page qui s'est jeté par terre, et qui m'a prié...

— Comment, jeté par terre ! répéta la marquise en éclatant de rire. (Elle paraissait si heureuse en ce moment, que la gaieté lui venait sans peine.)

— Oui, madame, il est tombé de cheval à la grille. Je me suis trouvé là, heureusement, pour l'aider à se relever, et, comme son habit était fort gâté, il m'a prié de me charger de son message.

— Et par quel hasard vous êtes-vous trouvé là ?

— Madame, c'est que j'ai un placet à présenter à Sa Majesté.

— Sa Majesté demeure à Versailles.

— Oui, mais vous demeurez ici.

— Oui-dà ! En sorte que c'était vous qui vouliez me charger d'une commission.

— Madame, je vous supplie de croire...

— Ne vous effrayez pas, vous n'êtes pas le premier. Mais à propos de quoi vous adresser à moi ? Je ne suis qu'une femme... comme une autre.

En prononçant ces mots d'un air moqueur, la marquise jeta un regard triomphant sur la lettre qu'elle venait de lire.

— Madame, reprit le chevalier, j'ai toujours ouï dire que les hommes exerçaient le pouvoir, et que les femmes...

— En disposaient, n'est-ce pas ? Eh bien, monsieur, il y a une reine de France.

— Je le sais, madame, et c'est ce qui fait que je me suis *trouvé là* ce matin.

La marquise était plus qu'habituée à de semblables compliments, bien qu'on ne les lui fît qu'à voix basse : mais, dans la circonstance présente, celui-ci parut lui plaire très singulièrement.

— Et sur quelle foi, dit-elle, sur quelle assurance avez-vous cru pouvoir parvenir jusqu'ici ? Car vous ne comptiez pas, je suppose, sur un cheval qui tombe en chemin !

— Madame, je croyais... j'espérais...

— Qu'espériez-vous ?

— J'espérais que le hasard... pourrait...

— Toujours le hasard ! Il est de vos amis, à ce qu'il paraît ; mais je vous avertis que si vous n'en avez pas d'autres, c'est une triste recommandation.

Peut-être la fortune offensée voulut-elle se venger de cette irrévérence ; mais le chevalier, que ces dernières questions avaient de plus en plus troublé, aperçut tout à coup, sur le coin de la table, précisément le même éventail qu'il avait ramassé la veille. Il le prit, et, comme la veille, il le présenta à la marquise, en fléchissant le genou devant elle.

— Voilà, madame, lui dit-il, le seul ami que j'aie ici.

La marquise parut d'abord étonnée, hésita un moment, regardant tantôt l'éventail, tantôt le chevalier.

— Ah ! vous avez raison, dit-elle enfin ; c'est vous, monsieur ! je vous reconnais. C'est vous que j'ai vu hier, après la comédie, avec M. de Richelieu. J'ai laissé tomber cet éventail, et vous vous êtes *trouvé là*, comme vous disiez.

— Oui, madame.

— Et fort galamment, en vrai chevalier, vous me l'avez rendu : je ne vous ai pas remercié, mais j'ai toujours été persuadée que celui qui sait, d'aussi bonne grâce, relever un éventail, sait aussi, au besoin, relever le gant ; et nous aimons assez cela, nous autres.

— Et cela n'est que trop vrai, madame ; car, en arrivant tout à l'heure, j'ai failli avoir un duel avec le suisse.

— Miséricorde ! dit la marquise, prise d'un second accès de gaieté, avec le suisse ! Et pourquoi faire ?

— Il ne voulait pas me laisser entrer.

— Ç'eût été dommage. Mais, monsieur, qui êtes-vous ? Que demandez-vous ?

— Madame, je me nomme le chevalier de Vauvert. M. de Biron avait demandé pour moi une place de cornette aux gardes.

— Oui-dà ! je me souviens encore. Vous venez de Neauflette, vous êtes amoureux de mademoiselle d'Annebault...

— Madame, qui a pu vous dire?

— Oh ! je vous préviens que je suis fort à craindre. Quand la mémoire me manque, je devine. Vous êtes parent de l'abbé Chauvelin, et refusé pour cela, n'est-ce pas? Où est votre placet?

— Le voilà, madame; mais, en vérité, je ne puis comprendre...

— A quoi bon comprendre? Levez-vous, et mettez votre papier sur cette table. Je vais répondre au roi; vous lui porterez en même temps votre demande et ma lettre.

— Mais, madame, je croyais vous avoir dit...

— Vous irez. Vous êtes entré ici de par le roi, n'est-il pas vrai? Eh bien, vous entrerez là-bas de par la marquise de Pompadour, dame du palais de la reine.

Le chevalier s'inclina sans mot dire, saisi d'une sorte de stupéfaction. Tout le monde savait depuis longtemps combien de pourparlers, de ruses et d'intrigues la favorite avait mis en jeu, et quelle obstination elle avait montrée pour obtenir ce titre qui, en somme, ne lui rapporta rien qu'un affront cruel du Dauphin. Mais il y avait dix ans qu'elle le désirait ; elle le voulait, elle avait réussi. M. de Vauvert, qu'elle ne connaissait pas, bien qu'elle connût ses amours, lui plaisait comme une bonne nouvelle.

Immobile, debout derrière elle, le chevalier observait la marquise qui écrivait, d'abord de tout son cœur, avec passion, puis qui réfléchissait, s'arrêtait, et passait sa main sur son petit nez, fin comme l'ambre. Elle s'impatientait : un témoin la gênait. Enfin elle se décida et fit une rature ; il fallait avouer que ce n'était plus qu'un brouillon.

En face du chevalier, de l'autre côté de la table, brillait un beau miroir de Venise. Le très timide messager osait à peine lever les yeux. Il lui fut cependant difficile de ne pas voir dans ce miroir, par-dessus la tête de la marquise, le visage inquiet et charmant de la nouvelle dame du palais.

— Comme elle est jolie ! pensait-il. C'est malheureux que je sois amoureux d'une autre ; mais Athénaïs est plus belle, et d'ailleurs ce serait, de ma part, une si affreuse déloyauté !...

— De quoi parlez-vous? dit la marquise. (Le chevalier, selon sa coutume, avait pensé tout haut sans le savoir.) Qu'est-ce que vous dites?

— Moi, madame? j'attends.

— Voilà qui est fait, répondit la marquise, prenant une autre feuille de papier ; mais, au petit mouvement qu'elle venait de faire pour se retourner, le peignoir avait glissé sur son épaule.

La mode est une chose étrange. Nos grand'-mères trouvaient tout simple d'aller à la cour avec d'immenses robes qui laissaient leur gorge presque découverte, et l'on ne voyait à cela nulle indécence ; mais elles cachaient soigneusement leur dos, que les belles dames aujourd'hui montrent au bal ou à l'Opéra. C'est une beauté nouvellement inventée.

Sur l'épaule frêle, blanche et mignonne de madame de Pompadour, il y avait un petit signe noir qui ressemblait à une mouche tombée dans du lait. Le chevalier, sérieux comme un étourdi qui veut avoir bonne contenance, regardait ce signe, et la marquise, tenant sa plume en l'air, regardait le chevalier dans la glace.

Dans cette glace, un coup d'œil rapide fut

échangé, qui voulait dire d'une part : « Vous êtes charmante, » et de l'autre : « Je n'en suis pas fâchée. »

Toutefois la marquise rajusta son peignoir :

— Vous regardez ma mouche, monsieur?

— Je ne regarde pas, madame; je vois, et j'admire.

— Tenez, voilà ma lettre; portez-la au roi avec votre placet.

— Mais, madame...

— Quoi donc?

— Sa Majesté est à la chasse; je viens d'entendre sonner dans le bois de Satory.

— C'est vrai, je n'y songeais plus; eh bien! demain, après demain, peu importe. — Non, tout de suite. Allez, vous donnerez cela à Lebel. Adieu, monsieur. Tâchez de vous souvenir que cette mouche que vous venez de voir, il n'y a dans le royaume que le roi qui l'ait vue ; et quant à votre ami le hasard, dites-lui, je vous prie, qu'il s'accoutume à ne pas jaser tout seul aussi haut que tout à l'heure. Adieu, chevalier.

Elle toucha un petit timbre, puis, relevant sur sa manche un flot de dentelles, tendit au jeune homme son bras nu.

Il s'inclina encore, et du bout des lèvres

effleura à peine les ongles roses de la marquise. Elle n'y vit pas une impolitesse, tant s'en faut, mais un peu trop de modestie.

Aussitôt reparurent les petites filles de chambre (les grandes n'étaient pas levées); et derrière elles, debout comme un clocher au milieu d'un troupeau de moutons, l'homme osseux, toujours souriant, indiquait le chemin.

VI

Seul, plongé dans un vieux fauteuil, au fond de sa petite chambre, à l'auberge du Soleil, le chevalier attendit le lendemain, puis le surlendemain ; point de nouvelles.

« Singulière femme ! douce et impérieuse, bonne et méchante, la plus frivole et la plus entêtée ! Elle m'a oublié. Oh ! misère ! Elle a raison, elle peut tout et je ne suis rien. »

Il s'était levé, et se promenait par la chambre.

« Rien, non, je ne suis qu'un pauvre diable. Que mon père disait vrai ! La marquise s'est moquée de moi ; c'est tout simple : pendant que je la regardais, c'est sa beauté qui lui a plu. Elle a été bien aise de voir dans ce miroir et dans mes yeux le reflet de ses charmes, qui, ma foi, sont véritablement incomparables ! Oui, ses yeux sont petits, mais quelle grâce ! Et Latour, avant Diderot, a pris pour faire son portrait la poussière de l'aile d'un papillon. Elle n'est pas bien grande, mais sa taille est bien prise. — Ah ! mademoiselle d'Annebault ! Ah ! mon amie chérie, est-ce que, moi aussi, j'oublierais ! »

Deux ou trois petits coups secs frappés sur la porte le réveillèrent de son chagrin :

— Qu'est-ce ?

L'homme osseux, tout de noir vêtu, avec une belle paire de bas de soie, qui simulaient des mollets absents, entra et fit un grand salut :

— Il y a ce soir, monsieur le chevalier, bal masqué à la cour, et madame la marquise m'envoie vous dire que vous êtes invité.

— Cela suffit, monsieur, grand merci.

Dès que l'homme osseux se fut retiré, le chevalier courut à la sonnette : la même servante qui, trois jours auparavant, l'avait accommodé de son mieux, l'aida à mettre le même habit pailleté, tâchant de l'accommoder mieux encore.

Après quoi le jeune homme s'achemina vers le palais, invité cette fois, et plus tranquille en apparence, mais plus inquiet et moins hardi que lorsqu'il avait fait le premier pas dans ce monde encore inconnu de lui.

Etourdi, presque autant que la première fois, par toutes les splendeurs de Versailles qui, ce soir-là, n'était pas désert, le chevalier marchait dans la grande galerie, regardant de tous les côtés, tâchant de savoir pourquoi il était là ; mais personne ne semblait songer à l'aborder. Au bout d'une heure, il s'ennuyait et allait partir, lorsque deux masques, exactement pareils, assis sur une banquette, l'arrêtèrent au passage. L'un des deux le visa du doigt, comme s'il eût tenu un pistolet ; l'autre se leva et vint à lui :

— Il paraît, monsieur, lui dit le masque en lui prenant le bras nonchalamment, que vous êtes assez bien avec notre marquise.

— Je vous demande pardon, madame, mais de qui parlez-vous ?

— Vous le savez bien.

— Pas le moins du monde.

— Oh ! si fait.

— Point du tout.

— Toute la cour le sait.

— Je ne suis pas de la cour.

— Vous faites l'enfant. Je vous dis qu'on le sait.

— Cela se peut, madame, mais je l'ignore.

— Vous n'ignorez pas cependant qu'avant-hier un page est tombé de cheval à la grille de Trianon. N'étiez-vous pas là, par hasard ?

— Oui, madame.

— Ne l'avez-vous pas aidé à se relever ?

— Oui, madame.

— Et n'êtes-vous pas entré au château ?

— Sans doute.

— Et ne vous a-t-on pas donné un papier ?

— Oui, madame.

— Et ne l'avez-vous pas porté au roi ?

— Assurément.

— Le roi n'était pas à Trianon ; il était à la chasse, la marquise était seule..., n'est-ce pas?

— Oui, madame.

— Elle venait de se réveiller ; elle était à peine vêtue, excepté, à ce qu'on dit, d'un grand peignoir.

— Les gens qu'on ne peut pas empêcher de parler disent ce qui leur passe par la tête.

— Fort bien, mais il paraît qu'il a passé entre sa tête et la vôtre un regard qui ne l'a pas fâchée.

— Qu'entendez-vous par là, madame?

— Que vous ne lui avez pas déplu.

— Je n'en sais rien, et je serais au désespoir qu'une bienveillance si douce et si rare, à laquelle je ne m'attendais pas, qui m'a touché jusqu'au fond du cœur, pût devenir la cause d'un mauvais propos.

— Vous prenez feu bien vite, chevalier ; on croirait que vous allez provoquer toute la cour ; vous ne finirez jamais de tuer tant de monde.

— Mais, madame, si ce page est tombé, et si j'ai porté son message... Permettez-moi de vous demander pourquoi je suis interrogé.

Le masque lui serra le bras et lui dit :

— Monsieur, écoutez.

— Tout ce qui vous plaira, madame.

— Voici à quoi nous pensons, maintenant. Le roi n'aime plus la marquise, et personne ne croit qu'il l'ait jamais aimée. Elle vient de commettre une imprudence ; elle s'est mis à dos tout le parlement, avec ses deux sous d'impôt, et, aujourd'hui, elle ose attaquer une bien plus grande puissance, la compagnie de Jésus. Elle y succombera ; mais elle a des armes, et, avant de périr, elle se défendra.

— Eh bien ! madame, qu'y puis-je faire ?

— Je vais vous le dire. M. de Choiseul est à moitié brouillé avec M. de Bernis ; ils ne sont sûrs, ni l'un ni l'autre, de ce qu'ils voudraient essayer. Bernis va s'en aller, Choiseul prendra sa place ; un mot de vous peut en décider.

— En quelle façon, madame, je vous prie ?

— En laissant raconter votre visite de l'autre jour.

— Quel rapport peut-il y avoir entre ma visite, les Jésuites et le parlement ?

— Écrivez-moi un mot ; la marquise est perdue. Et ne doutez pas que le plus vif intérêt, la plus entière reconnaissance...

— Je vous demande encore bien pardon, madame, mais c'est une lâcheté que vous me demandez là.

— Est-ce qu'il y a de la bravoure en politique?

— Je ne me connais pas à tout cela. Madame de Pompadour a laissé tomber son éventail devant moi ; je l'ai ramassé, je le lui ai rendu ; elle m'a remercié, elle m'a permis, avec cette grâce qu'elle a, de la remercier à mon tour.

— Trêve de façons! le temps se passe; je me nomme la comtesse d'Estrades. Vous aimez mademoiselle d'Annebault, ma nièce... ne dites pas non, c'est inutile ; vous demandez un emploi de cornette... vous l'aurez demain, et, si Athénaïs vous plaît, vous serez bientôt mon neveu.

— Oh! madame, quel excès de bonté!...

— Mais il faut parler.

— Non, madame.

— On m'avait dit que vous aimiez cette petite fille.

— Autant qu'on peut aimer ; mais, si jamais mon amour peut s'avouer devant elle, il faut que mon honneur y soit aussi.

— Vous êtes bien entêté, chevalier! Est-ce là votre dernière réponse?

— C'est la dernière, comme la première.

— Vous refusez d'entrer aux gardes? Vous refusez la main de ma nièce?

— Oui, madame, si c'est à ce prix.

Madame d'Estrades jeta sur le chevalier un regard perçant, plein de curiosité ; puis, ne voyant sur son visage aucun signe d'hésitation, elle s'éloigna lentement, et se perdit dans la foule.

Le chevalier, ne pouvant rien comprendre à cette singulière aventure, alla s'asseoir dans un coin de la galerie.

« Que pense faire cette femme ? se disait-il. Elle doit être un peu folle. Elle veut bouleverser l'État au moyen d'une sotte calomnie, et, pour mériter la main de sa nièce, elle me propose de me déshonorer ! Mais Athénaïs ne voudrait plus de moi, ou, si elle se prêtait à une pareille intrigue, ce serait moi qui la refuserais ! Quoi ! tâcher de nuire à cette bonne marquise, la diffamer, la noircir... jamais ! non, jamais !...

Toujours fidèle à ses distractions, le chevalier, très probablement, allait se lever et parler tout haut, lorsqu'un petit doigt, couleur de rose, lui toucha légèrement l'épaule. Il leva les yeux, et vit devant lui les deux masques pareils qui l'avaient arrêté.

— Vous ne voulez donc pas nous aider un peu ? dit l'un des masques, déguisant sa voix.

Mais, bien que les deux costumes fussent tout à fait semblables, et que tout parût calculé pour donner le change, le chevalier ne s'y trompa point. Le regard ni l'accent n'étaient plus les mêmes.

— Répondrez-vous, monsieur?

— Non, madame.

— Écrirez-vous?

— Pas davantage.

— C'est vrai que vous êtes obstiné. Bonsoir, lieutenant!

— Que dites-vous, madame?

— Voilà votre brevet, et votre contrat de mariage.

Et elle lui jeta son éventail.

C'était celui que le chevalier avait déjà ramassé deux fois. Les petits amours de Boucher se jouaient sur le parchemin, au milieu de la nacre dorée. Il n'y avait pas à en douter, c'était l'éventail de madame de Pompadour.

— O ciel! marquise, est-il possible?...

— Très possible, dit-elle en soulevant, sur son menton sa petite dentelle noire.

— Je ne sais, madame, comment répondre...

— Il n'est pas nécessaire. Vous êtes un galant homme, et nous nous reverrons, car vous êtes chez nous. Le roi vous a placé dans la cornette blanche. Souvenez-vous, que pour un solliciteur, il n'y a pas de plus grande éloquence que de savoir se taire à propos...

« Et pardonnez-nous, ajouta-t-elle, en riant et en s'enfuyant, si, avant de vous donner notre nièce, nous avons pris des renseignements. »

NOTES DE L'AUTEUR.

Page 1. L'*impôt des deux sous*...
Deux sous pour livre du dixième de revenu.

Page 25. *Il apprit que le roi était dans la salle.*
Il ne s'agit point ici de la salle actuelle construite par Louis XV ou plutôt par Mme de Pompadour, mais terminée seulement en 1769 et inaugurée en 1770 pour le mariage du duc de Berri (Louis XVI) avec Marie-Antoinette. Il s'agit d'une sorte de théâtre mobile qu'on transportait dans une galerie ou un appartement, selon la coutume de Louis XIV.

Page 84. *Si, avant de vous donner notre nièce, nous avons pris des renseignements.*
Mme d'Estrades, peu de temps après, fut disgraciée avec M. d'Argenson, pour avoir conspiré, sérieusement cette fois, contre Mme de Pompadour.

ACHEVÉ D'IMPRIMER

LE 1er MARS 1892

PAR CHARLES HÉRISSEY, D'ÉVREUX

POUR

A. FERROUD, LIBRAIRE-ÉDITEUR

A PARIS

www.ingramcontent.com/pod-product-compliance
Lightning Source LLC
LaVergne TN
LVHW012022220826
846092LV00001B/446

* 9 7 8 2 3 2 9 5 8 6 2 0 5 *